투명 시인선 001

모든 삶은
PK로 이루어져 있지

최진영 첫 시집

도서출판 투명

글 쓰는 일을 하면서 살고 싶다는 생각에 육군 중사로 전역하고, 될 때까지 하면 된다는 간절한 마음으로 시를 쓰기 시작했습니다. 그 간절함이 하늘에 닿았는지 2년 가까이 도전을 한 끝에 서울시인협회에서 주관하는 청년시인상을 통해 등단했습니다. 그러나 그 기쁨을 누릴 새도 없이 제 통장 잔액은 바닥을 드러낸 상태였고 현실과 마주할 수밖에 없었습니다. 저는 시를 쓰기 위해서 다시 일해야 했습니다. 기왕 일할 거면 시 쓰는 데 도움이 되는 곳으로 가야겠다 생각하고 있었는데 때마침 강북삼성병원에 일자리가 나 그곳에서 일하기 시작했습니다. 일하는 동안 쓰고 있던 웹소설이 운 좋게 '조아라'라는 유명한 웹소설 플랫폼과 계약하게 됐습니다. 그리고 마침내 등단한 지 4년 만에 제 첫 시집이 세상에 나오게 됐습니다.

세월에 떠밀려 요양원에 계신 사랑하는 우리 할머니, 돌아가신 게 아니라 도망가신 거였던 어머니, 엄마 없이 자라 엄마가 된 여동생, 나보다 더 장남 같은 내 의붓동생. 그리고 나를 알지 못하는 이부동생과 어린 시절 엄마와 아빠를 대신해 나를 키워준 친척분들께 이 시집을 바칩니다.

뒤돌아보니 기쁨도, 슬픔도, 그리고 그 아픔마저도
다 사랑할 수 있을 것 같습니다.

2021년 여름
최진영

차례

01

모든 삶은 PK로 이루어져 있지

싸 보여?

세 살 어린 여동생과 오랜만에 외출했다
옷을 사주려는데 동생이 묻는다

- 오빠, 이렇게 입으면 싸 보여?

한 뼘 정도 되는 미니스커트였다
예전의 나라면 입지 말라고 했을 것이다

- 남자들 눈요깃거리 되고 싶냐?

여자라는 이유로 언제든 성적 대상화가
될 수 있다는 끔찍하면서도 그럴듯한 소리

스물여섯, 꽃 같은 아이 입에서
싸 보이냐는 말이 나오게 한 건
내 과오도 있는 것 같아

- 네가 입고 싶으면 입는 거지. 그렇게 생각하는 사람이
잘못된 거야.

여동생은 고민하다 결국 다시 걸어놓는다

지금까지 살면서 싸 보이는 남자를 본 적이 있었나
한 뼘 정도 되는 미니스커트가 다시 눈요깃거리가 된다

적막한 밤에

당신을 처음 보았습니다
그대가 아닌 그대로를

어쩌면 나는 그날 밤
처음 봤는지도 모릅니다

나의 밤은 늘 길었고
그대의 밤은 늘 짧아서

아직도 나는 잘 모르겠습니다만
그래도 이거 하나는 알겠습니다

당신도 평범한 사람이라는 것을

눈물 흘리는 법 잊은 게 아니라
소리 내 울지 않는 법 배우셨단 것을

빌딩 파도

가끔 서울에 어설프게 솟아 있는 빌딩들이 집채만 한 파도처럼 보일 때가 있지만 아주 가끔 그렇지 항상 그렇진 않아. 그런 파도를 쓰나미라고 하던가? 뱃멀미가 심해 배 타는 걸 싫어하는 나는 파도도 몰라. 쓰나미 안에 있는 사람들은 보이지 않지만 분명 뱃멀미에 둔감한 사람일 거야. 어쩌면 참고 있는지도 모르지. 내 친구 중엔 서퍼가 있어. 그놈은 자기가 타고 있는 파도가 쓰나미인 줄 알지. 남들은 그렇게 생각 안 하는데 자기는 쓰나미래. 웃기는 일이지 그놈은 자기가 탄 파도가 아니, 그래. 인심 써서 쓰나미라고 해 주자. 그놈은 자기가 탄 쓰나미가 크고 단단하다고 착각하고 있어. 나는 더 웃겨. 파도나 쓰나미나 결국 포말이 되는 건 매한가지인데 몰라도 너무 몰라. 파도가 좋은지 쓰나미가 좋은지 재고 따질 게 아니라 자기를 봐야지 멍청이들아. 뭐 나도 가끔 부러울 땐 있지. 서울랜드 은하열차를 탈 때 느낌인지, 블랙홀 2000을 탈 때 느낌인지 공기는 조금 좋은가? 그런 원초적인 궁금증 말이야. 내 말 무슨 뜻인지 알지? 어쨌든 아무리 떠들어도 쟤들은 나를 덮치지 못할 빌딩 파도라는 거. 그건 너무 잘 알고 있지. 쓰나미는 옥상에서 흘린 너의 눈물 가지고 만들었을 테니까. 그리고 친구야. 쓰나미는 육지를 덮치고 나면 죽는 거야. 나는 땅에서 행복해! 걸을 수 있거든.

구직 사이트

- 구직란 -

뭐든지 다 하겠습니다!

식혀만 주십시오! 제 열정을...

제발 뽑아주세요!!!!!!!!!!!!!!!!!

일하고 싶습니다….

용접 자격증 있습니다! 위험해도 괜찮습니다!

부사관 출신 일자리 구합니다.

어떠한 일이든 맡겨만 주십시오! 힘들다고 중간에 그만두
지 않겠습니다!

주휴수당 안 주셔도 됩니다!

- Q&A -

근로계약서를 안 썼는데요.

급여를 부당하게 받는 것 같습니다.

CCTV로 감시당하는데요.

퇴직금을 못 받고 있습니다.

사장이 뛰었는데 월급 받을 방법 있나요?

이거 부당 해고 아닌가요? 너무하네요.

휴게시간 30분을 무급 처리해요.

갑자기 나오지 말래요.

임금체불 당하고 있습니다.

입대 전 날

입영일이 재채기처럼 왔다
후회로 가득 자란 머리카락을
깊은 밤처럼 잘라내며
누리고 있던 것에 감사하고
그리워질 것에 잠시 슬퍼하고
친한 친구들을 지나 걷다가
부모님쯤에 멈춰서 울었다
괜한 생각에 발목 잡혀서는
한참을 바리깡처럼 울었다

에스컬레이터

나는 우주의 흐름인가 왜 나는 토성의 띠에서 떨어져 땅을
감고 자전하는 것일까 잔잔한 계단이 파도처럼 일어서 지
상으로 출렁인다 어디로 밀려가는 밀물일까 그럼 반대편
파도는 돌아올 조류인 걸까 그것도 아니면 입 없는 몸짓일
까 내 고향 속초의 갯배는 왜 개처럼 늘 묶여있는 걸까 목
줄이 풀렸다면 바다를 몇 바퀴나 뛰었을까 제주도에 있는
말은 모두 행복한 걸까 그럼 검은 눈금을 밟고 있는 건 누
구일까 분침을 밟고 있을까 시침에 멈춰있을까 인간의 삶
은 어딘가 초침과 닮았다 나는 어디쯤 공전하고 있을까 어
딘가를 바라보며 자전하긴 하는 걸까

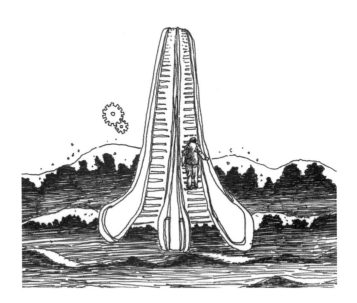

신춘문예

자, 제가 지금부터 신춘문예 시를 쓰려고 하는데요. 신춘문예 시는 좀 있어 보여야 한데요 이전 해에 당선된 작품들을 훑어보고 비슷하게 따라 쓰래요 그건 자기 시가 아니라고요? 어차피 시 써도 봐주는 사람 없잖아요 유명해지면 쓰고 싶은 거 마음껏 쓰세요 그땐 좀 봐주는 사람이 있겠죠 문창과를 입술에 문 섹시한 금수저라면 확률이 조금 더 높긴 하죠 심사위원 분들 제 말이 맞나요? 낯설게 쓰세요 자기가 쓴 시를 몰라볼 정도로 자, 이제 눈을 감고 키보드를 두드린 다음 그걸 그대로 보내 보세요 미리 축하드려요! 분명 당선하실 겁니다

화분

할머니가
어버이날에 받은
카네이션 화분

햇빛도 보게 해 주고
물도 듬뿍 줬는데

한 달을 못 가서
죽어 버렸다

하나님은 대단하시지?
지구라는 화분을 잘도 가꾸시잖아

중

돈 모으는 중
거의 중이 되어가는 중
그래도 꿈은 계속 꾸는 중
꾸중도 연신 들이키는 중
중학교 국어 선생님 뵙는 중
마중물은 마중나가는 중
여긴 일본 불매 운동 중
내 친구 이름은 연중
여전히 무휴 중
알바는 구하는 중
결혼도 준비 중
이거 참 오리무중
언제나 나중
나는 성경 보는 중
약간 중이 되어가는 중
조선시대 왕들은 종
나라 뺏긴 고종도 종
ㅗㅗㅗㅗㅗㅗㅗㅗㅗ 종나 먹어라
ㅜㅜㅜㅜㅜㅜㅜㅜㅜ 나는 우는 중

어른

다시 어려지고 싶다면
어른이 된 것이다

힘든 일이 있어도
견디고 또 이겨내며
지나온 삶을 웃으며
돌이켜 볼 수 있다면
그대 어른이 된 것이다

어머니의 손이 거친 게 이제야 보이고
아버지의 등이 더는 커 보이지 않으면
우리 어른이 된 것이다

아무리 아파도
엄마 품에 안길 수 없을 때
홀로 불 꺼진 방 안에
입술 깨무는 이슬비처럼
우는 게 고작일 때

조금 슬프지만
우리 어른이 된 것이다

시

이건 시고 저건 시가 아니야? 은유가 있어야 시고 없으면 시가 아니라고? 그럼 예수님은 시인이야? 한글 막 깨우친 할머니들이 쓴 시는 시가 아니라며 딴죽 건 문단 선배 그 선배는 시인이야? 약력이 똥통처럼 가득 차야 시인인가? 배가 불러야 시인이야? 유명한 시팔이는 시인이 아니야? 왜 시인이 아니야? 그 친구보다 시집 더 판 사람 있어? 남들이 시인이라고 불러 주면 시인 아니야? 등단해야만 시인이야? 시골에 꽃 같은 아이들이나 장수한 노인의 입에서 쏟아지는 진리는 시가 안 되나? 알아듣지도 못할 시를 쓰면서 시인이야? 뭐가 시야? 시들지 않는 시 쓰면 시인 아니야? 내가 쓰고 있는 건 시야? 시 아니야? 내가 시라고 하면 시 아니야? 시 아니라고 하면 시가 아니게 되나? 시비 거는 시인은 시비나 만들어주자고. 살아있어도 뭐 어때, 요즘 트렌드던데.

할머니

비가 송곳처럼 내리는 날
할머니는 아파트 베란다에 앉아
분리수거장에서 주워 온
낡은 의자에 앉아 창밖을 바라보신다

-오메! 우리 둘째 아들 비 맞고 일하겠네.

연기 같은 흰머리가
땅이 꺼져라
숨을 내쉬며 일렁인다

할머니는 여름이면
또 다시
저 자리에 그대로 앉아
날이 너무 덥다고
자식들 걱정을 하시겠지

그림자 같은 폐렴에 걸려
세월 같은 기침을 연신
내뱉으시면서도 할머니는
한사코 거부하셨다

논바닥 같은 손가락을
사막 같은 입술에 대시며

-아무한테도 말하지 말어잉!

말의 시간

죽음을 향해 달리는 말처럼. 나는 눈가리개를 쓰고 있다. 밤인지 낮인지도 모른 채 어딘지도 모르는 곳으로 끌려가고 있다. 시간이란 고삐에 단순히 반응하며 그저 내달릴 뿐. 그 게으른 운명이란 거울 앞에서 똑같이. 그저 똑같이. 변함없이. 아주 지독하게도 반복적인 걸음을 걷는다. 공허한 발걸음. 초침 소리처럼 말발굽 소리가 내 발밑에서 들린다. 시간의 이불을 끌어안고 나는 어딘지 모를 침대에 눕는다. 투레질. 투레질. 내가 할 수 있는 소심한 반항. 나는 여물을 씹어 삼킨다. 다 가닥, 다 가닥, 먼 곳에서 들려오는 밀알 같은 말발굽 소리.

버스 기사님

내가 탄 버스 옆에 다른 버스가 서더니 경적을 울린다
기사님은 고개를 돌리곤 씨익 웃으시며 앞문을 연다

-뭐야?
-그냥.

웃음이 나왔다

그렇게 신호가 바뀌고 기사님은 옆에 선
버스 기사님에게 앞으로 가라는 손짓을 하며 말한다

-가.
-어.

웃음이 나왔다
기사님도 멀어져 가는 버스를 보며 피식피식 하신다
그걸 본 나는 왠지 또 웃음이 나와 고개를 돌렸다

너도 인자 할 줄 알아야제

세월에 떠밀려 넘어지신 할머니가
갈비뼈 두 대가 부러지신 이후로는
걷는 게 어째 떨어지는 낙엽 같으시다

주름만큼 깊던 자존심을 버리시고
얼마 전부터는 노인 보행기를 밀고 다니시며
힘들면 남들 눈치 안 보고 앉아서 쉬기도 하신단다

할머니는 생전 내게 시키지 않던 일들을
요즘 들어 자주 시키신다

-너도 인자 할 줄 알아야제

빨래 돌리는 법, 기름이 많은 그릇을 닦는 법
쓰레기 버리는 법, 냉장고 정리하는 법.

쌀은 불렸다가 물을 이만치 넣고
먹을 만치만 압력밥솥에 돌려먹어야 맛있단다

난 그런 할머니를 보며
묵묵히 시키는 대로 했고

할머니는 내가 곧잘 해내면
잘 하네 우리 강아지 하시며
엉덩이를 토닥여 주신다

-오메, 내 새끼 잘하는 거!

좋은 시

좋은 시 한 편을 쓰기 위해
내가 한 노력이 뭐가 있는가?

우리 동네 파리바게트 옆에서
한파에도 나와 군밤을 파시는
할머니를 보면 가슴이 뜨끔하다
더럽게 부끄럽다

좋은 시 한 편을 쓰기 위해
내가 한 노력이 뭐가 있나?

소위 있어 보이는 시를 쓰려고
생경한 비유나 문자를 의미 없이 붙이느라
나는 얼마나 시를 잊고 살았나

그럴듯하게 보이려고 분칠을 하고
곤지까지 찍어가며 민낯은 가리고
도대체 나는 무얼 했는가?

가슴이 아닌 대가리 깨져가며 쓴 시가
무엇을 할 수 있겠는가

그런 시나 쓰고 앉아 있으니
삶이 부끄럽고, 그런 삶을 살면서

좋은 시 한 편이 어디 가당키나 한 일인가

이 불안마저 추억이 될까요?

다가오지도 않은 미래가 왜 이렇게 두려울까요 끝없는 터널 속 같은 이 작은 방에서 긴 어둠과 함께 있어서, 한 치앞도 보이지 않아서 그런 걸까요 하고 싶은 건 많지만 정작 할 수 있는 일은 많지 않고 삶은 삶 자체로 의미가 있다고 말하면서도 때론 건망증이 온 것처럼 살아가는 의미를 잊어버리기 때문일까요 언젠가 내가 하는 이 모든 고민들이 끝나는 순간이 오긴 할까요 계속 걷다가 보면 흙처럼파묻힌 이 어둠 속에서 시간들을 조심스레 꺼내 아무렇지않게, 정말 아무렇지 않게 되돌아보며 웃을 수 있을까요시간이 지나고 또 지나고 그렇게 지나가면 이 불안마저 추억이 될까요?

연필

연필깎이에 나를 넣지

시간을 돌리면
태엽도 항상 맞물려 돌아가고

블랙홀 속에 머리를 처박고
과거의 껍질을 벗겨내면
어느 순간 헛손질을 하기 마련이지

화이트홀, 그래 화이트홀!

다시 세상으로 나와
네가 정해 주는 곳에
그저 대가리를 박고 질질 끌려다닐 뿐이지
펼쳐지지 않는 책은 죽은 거잖아

지워질 때까지 나는 개처럼
이 페이지를 입에 꽉 물고 있을 거야
괜찮아, 지워지는 거야 언제나
내겐 익숙한 일이지

어차피 추억이라는 그것도

살아남은 자의 전리품 같은 거 아니겠어?

저건 메모해 둬야겠다

카페에 앉은 신혼부부가
서로를 마주 보며 배시시 웃는다

-오빠, 아이 낳으면 이름 뭐라고 지을 거야?

갑작스러운 아내의 물음에
남자가 당황한 표정으로 대답한다

-결혼할 생각이 없었는데 아이 이름을 생각해 봤겠어?

남자의 말에 아내는 입을 삐죽 내밀고
커피를 한 모금 마시더니 말한다

-그럼 평생 혼자 사시지, 왜 결혼하셨을까?

아내의 뾰로통한 목소리에
퍼뜩 정신을 차린 남자가 씩 웃더니 말한다

-널 만날 줄 몰랐지

이야, 저건 메모해 둬야겠다

사막처럼 울었습니다

당신이 너무 보고 싶을 때면
늘 하늘을 보며 말을 걸었습니다

그대 얼굴을 보고 싶을 땐
다른 친구들의 엄마 얼굴을 봤습니다

그때가 좋았습니다

돌아가신 게 아니라
도망가신 거라는 말에
사막처럼 울었습니다

당신을 그리워했던
어린 시절의 내가
죽었으면 좋겠습니다

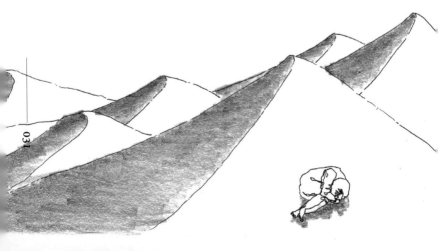

아무렇지 않기 위해서

너를 떠나보내고 난 후
아무렇지 않게 지낸다

일을 하고, 밥을 먹고
가끔 너를 떠올리며
웃을 수 있을 정도가 됐다

아무렇지 않기 위해서
얼마나 울었는지
아무도 모를 거다

나조차 모를만큼
장마처럼 울었으니까

이미

네가 감기처럼 와
목구멍에 쿨럭일 때마다

애써 잊은
너와의 추억들이
주머니 속에서
손등을 간질거릴 때마다

나는 주머니를
혀처럼 길게 빼
허공에 털어 버린다

이미 잃어버린 것이라고

평내호평역

여동생 집에 어떻게
한 번을 찾아오지 않느냐는 말에
너의 집으로 간다

평내호평역에 내려
주변을 두리번거리니
너에게 전화가 온다

-오빠, 나 여기. 왼쪽! 지금 손 흔들고 있어.

고개를 돌리니 네가 아이를 안고
환하게 미소를 지으며 손을 흔들고 있다

소복이 내리는 비를 자기는 맞으며
아이는 제 옷으로 가린 채

동생아
시간이 벌써 이렇게나 흘러
엄마 없이 자란 네가 엄마가 되었구나

02

모든 삶은 PK로 이루어져 있지

연어

1
출근길 지하철 안은
연어의 뱃속

덜컹, 덜컹, 덜컹, 덜컹

어미의 심장 박동 소리
북태평양에서 남대천까지
산란을 위하여 터질 듯한
심장을 부여잡고
컴컴한 바다 속에서
등불이 되어주는
지하의 등대를 따라

이번 역은 종로,
종로 3가 역입니다

문이 열린다
연어 알들이
세상으로 쏟아져 나간다

2

지하철 노선도 강으로
수많은 연어가 해류에 몸을 실은 채
힘을 아끼고 있다

모두 눈 감고
어떠한 소리도 없이 침묵
고요한 꼬리짓
멀리서 헤엄쳐 왔다

바다가 끝나고 강이 오면
아꼈던 힘을 써야 할 때
연어들이 계단 폭포를 오른다

산란을 위해
아이를 위해

편의점에서

편의점은 혹독한 면접장
진열대 위 상품들이 자신의 맛과 포장지를
내세워 팔려가길 원한다

손님은 근엄한 얼굴과
날카로운 눈빛으로 말한다
너는 너무 비싸
너는 맛이 형편없지 하고
나무라며 외면했더니

툭!

바닥으로 몸을 던진다
손님들 눈빛 한 번 받으려고
진열대 위에서 뛰어내린다

안 팔리면 들여놓지 않으니까
안 팔리면 죽으니까

할인하고 1+1하며 아등바등
살아남기 위해

절에 올라

절에 올라
절이 왜 절이냐 스님께 물었더니
절이라 절을 많이 해 절이라신다

한참을 웃다가
가장 낮은 곳에 오래 계신단 말씀이시죠 했더니
절은 다 산에 있는데 하시며 허허허 웃으신다

이 절에 가장 큰스님은
누구시냐 스님께 물었더니
세상 만물이 모두 내 큰스님이지요
하시더니 슬쩍 큰스님 눈치를 본다

죄다 별이 된다면

죽은 사람이
죄다 별이 된다면
별빛을 어떻게 올려다볼 수 있을까

시리도록 차가운 우주
머나먼 지구의 저편에
원망으로 별이 불타고 있다면
감히 쳐다볼 수 있을까

죽은 사람이
죄다 별이 된다면
여태껏 별을 보고
소원을 빌었던 사람들은
얼마나 답답할까

밤하늘 무수히 많은 별이
죄다 죽은 사람이라면
밤하늘을 공동묘지로 만들어 버린다면

참전용사

주름진 손등이 가뭄을 견디지 못하고
갈라진 논바닥처럼 보였다

자랑스럽게 내보인 참전용사 배지는
빛바래 광채를 잃었다

손수레에 빈 박스를 시신처럼 태우고
전공을 자랑하는 그의 입가에서
침이 피처럼 삐어져 나온다

빈 박스에 노을이 지고
빛바랜 배지에는 광채가 흐르고
광교를 당당히 걷는 노인의 머리칼에서
진한 화약 냄새가 났다

아직도 전장이다

아이스 아메리카노

아이스 아메리카노에
떠 있는 빙하 같은 얼음들

몸에 달고 있는
물방울은 땀방울
지구가 땀을 흘리고 있다

달그락!

얼음이 녹아 바다에 빠진다
파도가 해안선을 넘어 흘러내린다

대지를 적시며
천천히 아주 조금씩

도둑처럼 우리에게 밀려온다

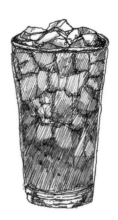

지하철

반대편 선로에
지하철이 지나간다

죽는 순간의
파노라마처럼

빠르게 상영되는
영화필름처럼

내 삶도
그대들의 삶도
이렇게 스쳐 지나가는 것

무수히 많은 삶
제대로 보아줄 틈도 없이

땅의 온도

일 억 만 년 전부터
존재해 온 바다거북

바다거북의 성별을
결정하는 건 땅의 온도

30도 이하면 수컷
30도 이상이면 암컷

바다거북의 서식지
그레이트 배리어 리프

최근 그곳에서 태어난 바다거북의 성별은

99%가 암컷

사육장을 위하여

사육장 안에 소가 그득하다
1등급 한우 만들기 위해
몸에 좋은 사료 먹이고 음악 튼다

암소는 맛이 좋아 금세 먹히고
수소는 비린내 제거 위해 거세당한다

목동 위해 살을 찌운다
혈관 막으며 마블링 만들고
엉덩이 탁탁 때리면 알아서 도살장 안으로

피비린내 짙게 나는 무덤에 들어가
1등급 소가 되면 좋은 건
고층 빌딩 위에 있는 놈들

식탁 위에 오른 고기 품평하며
와인 들고 외칠 테지

사육장을 위하여

눈을 부릅떠야겠다

르메이에르 빌딩 B동
승강기를 타려고 왔더니
형광등의 장례식 중이었다

너는 내 눈을 보며
식물인간처럼 깜빡였다
아직 살아 있다고

사다리가 놓이고 장의사가
손을 뻗어 너의 눈을 가린다

암전도 잠시
새로운 형광등이 너의 자리를
꿰차고 앉아 밝게 빛난다

승강기가 왔다
눈을 부릅떠야겠다

옐로카드

실험실 비커 안에 있다
발로 땅을 저어 세상 끝에 왔다
투명한 유리막에 비친 개구리
지각 밑 부글거리는 알코올 냄새
실험은 이미 시작됐다
서서히 이 땅은 가열되고
하늘에 떠있는 태양은 수은주
눈금은 하늘에 있어
때가 되면 끓어올라
그분에게 봉화를 띄우면
비커 안 무심히 바라보며
우주 어느 모퉁이 별 하나에
실험 결과를 적고 시린 입김 불어
모든 걸 꺼버리실지도 모를 일
나는 이미 햇살에 배 뒤집고 있다
햇살이 옐로카드 같다

백야

여긴 23.5도쯤 기울어져 있고요
위도 약 48도 이상의 층이에요
밖은 밤이지만 경쟁은 낮이랍니다
잠들면 얼어 죽어요
눈 크게 뜨고 일하세요!
밤은 정확히 6개월 남았고요
돈은 한 치의 오차가 없죠
조금 삐딱하게 서 있어도 이해할게요
우린 원래 태어난 순간부터
23.5도쯤 삐뚤어져 있으니까요
지금 와서 바로잡을 필요는 없어요
우린 이미 삐딱하게 중심을 잡았거든요
요즘은 제가 제대로 서 있는 건지도
가끔 의문이 들 때가 있다니까요
아! 죽도록 힘드시다면
창밖에 빌딩들을 보시겠어요?
그렇죠? 참 아름다운 백야예요!

영점사격

중심을 향하는 모든 것들은
대체로 빗나가는 습성을 지녔다

눈은 보고 싶은 것만 보는
습관이 있어
과녁의 중심을 바라보면
가늠쇠가 희미해지고
가늠쇠를 바라보면
표적이 뿌예지곤 했다

사격 뒤에는 정해진 탄도가 있어
중심을 벗어난다 해도
빗나갈 수밖에 없지만
그 모든 빗나간 탄들은 중심의 흔적이 된다

탄착점은 발자국이 되고
발자국은 중심을 향한
지름길이 된다

버스

160번 버스가 왔다

150번 버스가 왔다

여행사 버스가 지나간다

나도 여행 가고 싶다

720번 버스를 타야 하는데

721번 버스를 탈 뻔했다

273번 버스가 온다고 한다

720번 버스가 지나간다

핸드폰을 보다가 놓쳐 버렸다

470번 버스가 왔다

471번 버스는 홍제역에 안 가지만

470번 버스는 홍제역에 간다고 한다

마음이 바뀌었다

그냥 걸어가기로

코로나

집 근처 상가 주인이
계절보다 빨리 바뀐다

건물 외관은 그대로인데
속만 뒤집어져 고생이다

동네 할머니들은
민들레 꽃씨처럼 모여
새로 들어선 분식집이
얼마나 갈는지 내기가 붙으셨다

한 할머니가 인심 쓴다며
내 건 육 개월이
가장 긴 시간이었다

나는 가끔 그런 생각을 한다

버스를 타거나 지하철에서 탈 때 또는 붐비는 거리를 걸을 때 난 가끔 그런 생각을 한다. 사람은 어떻게 움직일까? 기계는 연료라는 걸 먹고 동력이라는 게 있어서 움직인다고 하지만 살아있는 생명체의 휘발유는 뭐란 말인가? 살아서 움직이는 모든 것들은 미스테리다. 혼이라는 게 있어서 살게 하고 사유할 수 있게 한다면 그 혼이라는 걸 만들어 내는 장인과 대장간은 어디에 있을까? 이렇게 생각을 걸레처럼 밀고 가다 보면 결국 신이라는 벽에 멈추게 된다. 말로 설명할 수 없는 어떠한 존재가 있어 세상을 창조하였다면 우린 그의 자식인가 아니면 그저 지구라는 목줄에 매인 애완동물인가? 어쩌면 인간이 개를 키우듯 사람도 그런 존재에 불과할지도 모른다. 신의 강력한 권능이 생명의 창조라면 인간도 이미 그것을 가졌다. 시련이 담금질이라면 모루의 숯불은 지옥이다.

책갈피가 된다

햇살 좋은 오후
문을 열고 나와서
맞은편 아파트 창문을 본다

빨래를 터는 사람
화분에 물을 주는 사람
블라인드를 치는 사람
노는 아이를 보며 웃는 사람

그들의 모습이 잠시 책갈피가 된다

책꽂이 같은 아파트
책장처럼 칸칸이 꽂혀있는 책들의
한 페이지가 보였다

오래된 아파트에서
더 오래된 책 냄새가 난다

PK[1]1

[앞에 있는 적을 처지하세요]

[적을 처치했습니다.]

[적에게서 아이템을 획득했습니다]

[레벨이 올랐습니다.]

[레벨이 올랐습니다.]

[레벨이 올랐습니다.]

[다음 지역으로 이동할 수 있는 권한을 얻었습니다.]

[옆에 있는 파티원을 처치하세요.]

[파티원을 처치했습니다.]

[파티원에게서 아이템을 얻었습니다.]

[레벨이 올랐습니다.]

[레벨이 올랐습니다.]

[레벨이 올랐습니다.]

[다음 지역으로 이동할 수 있는 권한을 얻었습니다.]

---

1 PK : 게임 상에서 다른 플레이어를 죽이는 플레이어 킬링(Player Killing) 혹은
그 일을 행하는 플레이어 킬러(Play Killer)의 줄임말.

[이 지역에는 아군이 있을 수도 있습니다.]

[계속 죽이시겠습니까?]

[레벨이 올랐습니다.]

[스파이가 아닙니다.]

[레벨이 올랐습니다.]

[아이템을 얻었습니다]

[스파이가 아닙니다.]

[레벨이 올랐습니다.]

[레벨이 올랐습니다.]

[이 지역에는 아군이 있을 수도 있습니다.]

[계속 죽이시겠습니까?]

PK 2

모든 삶은 PK로 이루어져 있지

집을 나서면서부터

우린 이미 게임을 시작하고 있는 거야

사람들은 저마다의 무기를 인벤토리[2]에 숨기고 있어

발을 밟히고 어깨를 부딪치며

괜스레 시비를 한번 걸어보는 거야

밟혀도 조용하거나 밀려도 째려보지 않으면

그 사람을 노리도록 해

나보다 레벨이 높은 사람이라면

눈을 마주쳐선 안 돼

개도 눈을 바라보면 사람을 문다는 거 알아?

나보다 약할 것 같은 놈들은 경험치[3] 도시락이지

내가 레벨업이 필요할 때 PK를 걸자고

쓸 만한 아이템 하나에 목숨 하나

내 레벨을 올릴 수 있다면야 뭐.

---

2 인벤토리(Inventory) : 유저가 소유한 아이템을 비롯해 물품을 보관하는 장소.
3 경험치(經驗値) : 경험의 수치나 정도. PK, 사냥으로 얻을 수 있으며, 일정 경험
치에 도달하면 레벨(Level)이 한 단계 상승해 이전보다 강해진다.

다들 그렇게 살잖아?

누군가를 죽이지 않고 살아남은 놈은 없어

어쩌면 지금 이 순간에도

난 누군가의 에임[4] 안에 있을지 몰라

언제나 등 뒤는 비어 있고

정면에서 웃고 있는 놈이 가장 위험한 놈이지

걱정하지 마! 죽이면 죽일수록 우린 강해질 거야

---

4 에임(Aim) : 탄이 적중하는 범위를 원형 혹은 십자형으로 표기한 UI(인터페이스)

켓 띠[5]

다시 찾아온 겨울
혹독한 거울 속 미얀마에서
민주주의를 부르짖으며 투쟁하는
이웃들을 위해 시인으로서
할 수 있는 일이 고작 시를
쓰는 일이라서

나는, 부모님의 피를 마시고
먼저 피어난 대한민국에서
뉴스를 통해 보는 미얀마를
그마저 실눈 뜨고 보며
알량한 시 한 편을 쓰는 것은
참으로 부끄러운 일이다
그들 역시 나처럼 알고 있을 것이다

5 켓 띠 : "그들은 머리에 총을 쏘지만, 혁명은 심장에 있다는 것을 알지 못한다."라
는 시를 쓴, 미얀마 군부에 살해당한 세 번째 저항 시인이다. 장기가 제거된 채 사
망했다.

자신들이 역사에 남을만한
부끄러운 짓을 하고 있다는 것을
차가운 총과 진압봉보다
그대가 뜨거운 심장으로 쓴 시 한 편이
얼마나 무서운지를

그들이 장기를 도려내
모조리 뜯어갔지만 그대의 시만큼은
영원히 제거할 수 없을 것이다

그들은 여전히 모르고 있는 것이다

혁명은 심장에 있지만
시인의 심장은 시라는 것을

그들은 여전히 머리를 겨눈 채
장님처럼 혁명을 더듬고 있다

노이즈 캔슬링

때때로 아이들은 비행기에서 울고
그 아이의 부모는 그걸 내버려 두지
아이가 우는 건 당연한 거라면서 말이야

가득 찬 버스 안에서 발을 밟아도 사과는 하지 않아
서로를 밟고 서 있는 건 어디서나 자연스러운 일이니까

사람들은 지하철 안에서 시끄럽게 통화를 하지
거리낌 없이 큰 목소리로 수다를 떨어
어떤 사람은 냄새가 나는 음식을 가지고
버스에 타기 위해 기사와 실랑이를 벌이지

노약자석에 앉은 사람은 아무리 봐도 NO약자 같고
어떤 학생은 이어폰 밖으로 음악이 비집고 나오게 만들어
버스나 지하철 안을 클럽으로 만들지

사람들이 요즘 나오는 이어폰에
이 기능이 있는지 없는지 꼭 알아보고
사는 이유가 이것 때문일까?

아아, 그래

노이즈 캔슬링 말이야

03

모든 삶은 PK로 이루어져 있지

응급실에서

거친 미련의 숨결을
안개처럼 토해낸다

생을 붙잡고 있는 건
자기 자신일까
사랑하는 사람일까

비처럼 우는 그녀는
지진처럼 흔들린다

다급한 의사들의 말발굽 소리
제발 일어나라는 젖은 외침

의사들은 알아들을 수 없는
언어로 떠들어 대고
오직, 간호사만이
알아들을 수 있는 말을 한다

보호자분! 진정하시고
밖에서 기다려주세요!

응급실 문이 닫히고
생과 사의 갈림길에서
그녀는 눈처럼 주저앉아

제발 데려가지 마세요
제발요 제발 제발 제발요
제발….
제바알….
제에…. 바알….

강북삼성병원

강북삼성병원 로비에 마주 앉은 노인과 여자가
서로를 쳐다본다 백색소음이 대화를 잠시 채우다
휠체어에 탄 노인이 고집스럽게 입을 연다

아흔 가까이 살았으면 살 만큼 살았다 구태여
연명하고 싶지 않으니 나 때문에 돈 쓸 거 없다

여자가 말한다
엄마는 왜 엄마 생각만 해
남는 우리들 생각은 안 해?

한참을 말없이 여자를 바라보던 노인이 말한다

내가 누구 생각해서 이러는 것 같으냐?

정신과 의사 살인사건

내가 퇴근하고 4분 뒤에 정신과 의사 한 분이 칼에 찔려 사망했다 그는 그 의사가 치료했던 정신 병동 환자 중 하나였고 무슨 이유 때문에 33cm나 되는 칼로 의사의 흉부를 몇 번이고 찔렀는지 아는 사람은 없다 다음 날 출근하니 모두 그 얘기였다 사람들은 안타까운 죽음이라며 그를 추모하고 슬퍼했다 단순히 한 사람의 죽음이 아니라 그가 앞으로 살렸을지도 모를 수많은 환자와 함께 죽은 거라며 밥을 씹어 넘긴다 그의 추모는 구내식당에서 하루면 충분했지만 그가 어떻게 살해됐는지에 대해선 꽤 오래갔다 정신 병동 환자가 어떻게 됐는지는 나와 관계없는 앰뷸런스의 사이렌처럼 공허하다

어떻게 받아야 맞을까?

어느 교수의 살인범이 1심에서 징역 25년을 받았다는 뉴스가 강북삼성병원 본관 휴게실 TV에서 나온다 환자복을 입고 있는 할아버지 두 분이 일자 드라이버처럼 눈을 뜨시며 바라보시더니 이런, 썩을! 25년? 그 훌륭한 교수님을 죽인 새끼를 25년 준단 말이야? 무기징역은 줘야지! 그 얘기를 들은 옆에 있는 노인은 흘깃 보더니 아는 척을 하며 1심이니 더 깎일 것이라는 둥 심신미약이 어떻고 양극성 정동장애 어쩌고 하시며 옆에 있던 노인을 기어이 화나게 한다 아니! 그럼 25년을 받아야 맞소? 훌륭한 분을 저렇게 무참히 죽였는데! 얼굴이 붉어진 노인의 말에 그건 아니지만···. 하며 고개를 돌리신다 나도 생각해 본다 그럼 몇 년을 받아야 맞을까? 어떻게 계산해서 형을 줘야 할까? 당사자는 이미 세상에 없는데

병원에서

병원에는 아픈 사람들만 온다고
믿는 어리석은 사람들이 많이 있다
병원에는 아프지 않은 사람이 더 많이 온다

잃고 싶지 않은 게 많은
그러다 잃어버리기도 했던
그들의 아픔 속에서 희망을 얻고
불확실한 삶에서 확실한 삶을 사는
잡초들을 보기 위함인지도 모른다

생은 늘 우리에게
살아왔는지 버텨왔는지
묻곤 하지만
그럴 때마다 살아온 만큼
살아가야 할 만큼 확실하지 않고
눈 감는 사람은 병원에 매일 있다

가끔은 어긋나
서로 뽑으려 했던 기억도
그리고 그 아픔마저도
병원에선 추억이 된다

유언

슬퍼하지 말거라
왔던 곳으로 돌아갈 뿐이다
나의 평온한 안식을 축복해라

살아온 날들이 지나고 보니
단숨에 피고 지는 벚꽃 같더라

작은 일에 신경 쓰지 말고
큰 일에 당황치 말아라

내가 너희들을
낳았을 때만큼 행복하고
내가 너희들을
사랑한 만큼 서로 사랑해라

나의 육체는 나의 것이니
너희들 곁에 가두지 말고
자연의 섭리대로 뿌려 주거라

내가 떠나거든 너무 울지 말거라
우리 예쁜 새끼들 목 상할라

사람, 사람, 사람

병원엔

아픈 사람
아프지 않은 사람
죽고 싶어하는 사람
살고 싶어하는 사람
병세가 악화되는 사람
병세가 호전되는 사람

병원엔

아파도 웃는 사람
아프지 않은데 우는 사람
죽고 싶어 하지만 실은 살고 싶은 사람
살고 싶어 하지만 실은 죽고 싶은 사람
병세가 악화되지만 행복한 사람
병세가 호전되지만 근심 가득한 사람

병원엔

사람, 사람, 사람
그리고 이미 죽은 사람

저는 시체입니다

안녕하세요?
저는 시체입니다

눈은 감겨 있지만
귀로 세상을 느낍니다

잠시만요!
저도 엘리베이터 좀 타겠습니다
여러분은 살아 있어서
귀가 닫혀 있는 것 같네요

뭐라고요?
엘리베이터 안이 무덤 같다고요?
하하하!
그러고 보니 흙냄새가
조금 나는 것 같기도 하네요

어이구, 밀지 마세요
영혼이 밟힐지도 모릅니다

저런…. 만 원이군요

미안하게 됐습니다
엘리베이터는 오직 무게로만 보니까요
아! 여기서 다 내리시는 군요
저는 조금 더 내려갑니다

안녕히 가세요
저는 시체입니다

중환자실 1

뜨거운 왼손으로
시린 오른손을 덮어 주던 날
잠이 든 너에게

일어나라고
미안했다고

저만치 건너간 손을
미련하게
미련이 남아

일어나라고
미안했다고

고요한 심해

중환자실 안에서
작은 파도가 인다

너의 몸이 부유한다

중환자실 2

보호자가 주저앉는다
중환자실은 침몰하는 밀실 같다
누구든 실려 들어가고
눈꺼풀이 커튼을 치면
눈동자는 깊은 블랙홀이 된다
그곳은 빛조차 빛을 읽는 곳
환자는 옹알이를 하며 삶에 노크한다
통역사는 이미 바닥에 가라앉았지만
그래도 중얼거린다
난 그 광경을 바라보며
환자의 목소리에 귀를 기울여 본다
죽음이 잠처럼 쏟아진다

집에 갈래요

재발이었다
의사는 해줄 수 있는 게
아무것도 없다는 진단을 내렸다

같이 온 사람들이 모두 울었다
그녀만 울지 않고 담담히 물었다

-얼마나 살 수 있나요?

그녀는 의사에게 답을 듣고
무덤덤하게 고개를 끄덕였다

그리고 잠시 후
그녀는 미소를 지으며 말했다

-입원 안 해서 좋네요.

외상센터 환자 명단

위치 이름 나이 직업 외상이유

1번 이O근 34 무직 이씨가 몰던 차가 다른 차량을 추돌

2번 김O희 34 마트 판매원 차량 전복 사고로 차에서 튕겨 나감

3번 이O선 75 무직 생활고로 건물에서 뛰어내려 자살 시도

4번 이O욱 48 일용직 노동자 오토바이 운전 중 사고

5번 양O란 24 학생 오토바이 타고 아르바이트를 하다 사고

6번 이O석 64 무직 술을 먹고 뒤로 넘어짐

7번 이O동 24 생산직 노동자 기계에 껴 검지 절단

8번 권O식 19 대학생 건물에서 뛰어내려 자살 시도

9번 성O진 48 미확인 명확하지 않음

10번 신O만 53 일용직 사다리에서 떨어짐

11번 주O식 26 회사원 창문을 닦다가 5층 건물에서 추락

...

15번

...

20번

24번

VIP 환자 없음.

병상에 누워

삶이 힘든 건 아무것도 아닙니다
삶이 사라지는 게 정말 힘든 거예요
살아가는 게 아니라 살아지는 느낌 아세요?

여러분이 느끼는 고통은 엄살이고
여러분이 흘리는 눈물은 어린아이의 칭얼거림입니다

정말 최선을 다해 사셨다고요?
아니요.
여기 모인 모든 분들은 최선을 다해 살지 않았어요
정말 간절했다면 망설이지 않았겠죠
여러분은 간절하지 않았습니다

저요? 저도 최선을 다해 살지 못했어요
인간은 최선을 다 할 수 없어요
괜찮아요 그게 인간이고 신도 실수하니까요
괜찮아요 남들도 다 못해요 최선, 그거.

다만, 최선을 다 하려고 노력은 하세요
그래야 후회가 적게 남습니다

어떻게 그렇게 잘 아냐고요?
병상에 누워보면 다 알아요

그러면 늦은 거고요

두 단어

병원엔 영화에서 보던
근사한 죽음은 없었다

수산 시장의 횟감이
도마 위에서 처절하게 팔딱이듯
날것의 죽음이었다

마지막 순간
그것은 정말 혼신이었다

혈관이 타버린 손을 뻗어
목을 끌어안고
힘겹게 속삭인 건

두 단어였다

미안해...

사랑해.

노인

며칠째 면회 한번 오지 않는 노인이
6인실 제일 구석진 침대 위에
홀로 앉아 병원 밥을 먹는다

자식들과 등을 져 익숙해진 식사
그는 늘 이렇게 밥을 먹는다고 했다
여럿이 먹는 식사는 오랜만이라며
합석해서 좋다는 노인의 말

잘 씹지 못해서 삼켜 버리는 음식처럼
외로움마저 그렇게 소화했던가
이젠 그것마저 힘들어졌는지
밥을 물에 말아 훌훌 마셔버린다

아무렇지 않게 먹는
노인의 입에서
밥알이 눈처럼
내리는 소리가 난다

노인의 몸에서
눈을 밟을 때 나는 소리가 들린다

턱

휠체어에 탄 청년이
작은 턱에 걸렸다

뒤로 갔다가
앞으로 갔다가
올라가려 안간힘을 쓴다

그 모습을 보던 사람들이
청년에게 다가가 묻는다

-도와드릴까요?

청년은 환하게 웃으면서
고개를 절레절레 젓는다

-괜찮습니다.

한 겨울 땀을 뻘뻘 흘리며
턱과 씨름하던 청년이
기어이 올라서며 탄성을 지른다

-아!

뭔가 알았다는 표정으로
청년은 힘겹게 오른 턱을
도로 내려간다

그리고 다시
뒤로 갔다가
앞으로 갔다가
반복하기 시작한다

할아버지

어젯밤에 응급실에 실려와

병원에 입원하신 할아버지가

이불을 무덤처럼 덮어쓰고

숨죽여 흐느끼신다

엄마…. 엄마…. 를 부르시며

병원 말고 바다에 가자고 했다

삶이 얼마 남지 않은 할머니가
병원 말고 바다에 가자고 했다
구급차를 돌려 인천으로 향했고
스크레쳐 카에 할머니를 눕혀
바다로 바다로 향했다

할머니는 바다가 보고 싶어서
온 게 아니라 파도를 보고 싶어 온 거라고 하셨다
파도가 힘찬 바다의 맥(脈) 같으시다고
눈을 가늘게 뜨고 해안선을 바라보며
할머니는 바다의 손목을 붙잡고 가만히
눈을 감으셨다

바다의 바이탈 사인을 느끼시며
천천히
아주 천천히

살면서 죽어가라고

길면 1년이라고 심판받은 그 환자는 무려 1년하고도 6개
월을 더 살아냈다

그는 찾아오는 사람마다 항상 똑같은 말들을 시간처럼 반
복했다

하고 싶은 게 있으면 하고
하기 싫은 게 있으면 하지 말고
오늘 할 건 오늘 하고
내일 할 건 내일 하고
너무 열심히 살 것도 없지만
그렇다고 너무 대충 살지는 말고

그렇게 그냥….

살면서 죽어가라고 했다

04

모든 삶은 PK로 이루어져 있지

해바라기

구름 낀 하늘
해가 보이지 않아도
해바라기는 해를 느낀다

나는 언제쯤이면
네가 곁에 없어도
너를 느낄 수 있을까

밤하늘

별이 보이지 않는다고
빛나지 않는 건 아니에요
그래요, 그대처럼요.

잠

우린 세상에 잠시 깨어있을 뿐이다
현실이란 꿈속을
안개처럼 거닐며
기뻐서 울어도 보고
슬퍼서 웃어도 보다가
밤이 문을 두드리면
끝내 졸음을 이기지 못하고
편안한 잠에 빠질 것이다

눈

사람들에게 밟혀
사라지는 눈을 보며
더는 슬퍼하지 않기로 했습니다

눈은 사라지는 게 아니라
더 깊이 스며드는 것이라
그렇게 믿기로 했습니다

노을

하늘이 산고의 고통을 내지른다
울컥 쏟아지는 하혈
피로 물든 새파란 천
아! 별이 태어난다

별 보다 먼 곳에서

신께서 세상을 창조하실 때
가장 귀하고 사랑하는 것들은
홀로 쓸쓸하게

그러나

사랑이 넘치는 슬픔 속에
존재하도록 만드셨는지도 모르겠다

신께선 분명
인간을 사랑했으리라

떨어진 거리만큼
별 보다 먼 곳에서

모기

모기가 벽에 붙어 있다
손바닥으로 모기를 내려친다

사람이 지구에 붙어 있다
신께서 손을 들어 올리신다

손바닥에 그늘진 하늘

나는 원망할 수 없다

안녕

넌 내게

다가왔던 말로

떠나가는 구나

밤

검은 창호지 같은 밤하늘
신을 엿볼 수 있는 구멍이 많기도 하다
신은 이미 달에 눈을 대고 우릴 엿볼 준비를 한다
여인의 머리카락 같은 밤이 바람에 흩날린다
지상의 불빛이 반쯤 눈을 뜬 시간
사람들은 이미 시간을 조이기 시작한다
등을 돌리려는 밤을 침대에서 발로 밀어낸다
책장에 꽂혀 있던 짙은 밤바람에서
머리카락 타는 냄새가
태양이 밤을 태우는 냄새와 비슷하다

그래지네요

오랜만에 안부를 물어온 상대에게
잘 지내시죠라고 보내려다 그만
잘 지내지죠라고 보내버렸다

잘못 보내진 문자를 고쳐보내려다
지난달 힘든 일을 토로하던
이전의 문자를 보고 답장을 기다렸다

그가 문자를 봤다는 표시가 뜨고
한참이 지난 후에야 문자가 왔다

-그래지네요

불면증

내 방 안에는 온기도 없고
어둠만 한가득 들어차 있습니다

이불 말아 쥐고 눈을 감지만
여전히 잠은 오지 않습니다

내게 내일은 있으나
내일 무엇을 해야 할지
모르고 있기 때문입니다

그럼에도
억지로 잠을 청하는 것은
다행히도 아침은 오기에

내일이 되면
이 방 안이 빛으로 한가득
들어차 있으리라
나는 알고 있기 때문입니다

반딧불이

제가 천적의 위협을 무릅쓰고
밝히는 건 어둠이 아니라
당신이 내게로 오는 길이에요

서두를 건 없어요
두려워 말고 천천히 내게로 와요
밤이 끝날 때까지
나 여기서 당신의 등대가 될게요

반려동물

당신의 발소리만 듣고도
당신을 알아봐 주는 존재는
세상 어디에도 없을 겁니다

아침

아침을 맞이할 때마다
우리 조금만 더 사랑하자

오늘이 마지막이더라도
널 가장 사랑했던 날이
오늘이 되도록

지우개

너는 기억하겠지
내가 쓴 글들이
너에게 묻어 나왔으니

별

당신을 그리워하며
밤하늘에 별을 그렸다가
은하수를 만들고 말았어요

새벽

새벽이 등을 돌리면
세상이 환해지듯이

당신이 등을 돌리면
내가 환해지곤 했습니다

그대여

혹여 우리 싸울지라도
서로를 등져
밤이 되진 말아요

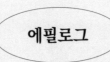

에필로그

저는 여전히 사랑하고 있습니다.

단군 이래 최대 불황이라고도 하고 초판 500부도 채 나가지 않는다는 현실 속에서 그것도 가장 비주류인 시집이 모두 나갔다는 사실에 그저 감사할 따름입니다. 초판 1,000부가 모두 나가는 데 2년이 걸렸고, 정말 많은 분의 도움이 있었습니다. 이 지면을 빌려 감사하다는 말씀 올립니다. 제 시집을 사주신 분들이 또다시 제 시집을 사거나 볼 확률은 낮겠지만 모두 행복하셨으면 합니다. 아, 물론 이 시집을 사주실 분들도요. (웃음)

2년 동안 정말 많은 일이 있었습니다. 세월에 떠밀려 요양원에 계시던 할머니께선 저를 남겨 두시고 떠나셨고, 돌아가신 게 아니라 도망가신 거였던 어머니와는 여전히 만나지 않고 있으며 위암으로 투병 중이시던 아버지께선 올해 3월 속초에 있는 보광병원에서 돌아가셨습니다.

좋은 일도 있었습니다. 엄마 없이 자라 엄마가 된 여동생이 둘째를 낳았습니다. 동생은 아들을 원했는데 딸이 태어나서 셋째를 기대 중입니다. (웃음) 카카오페이지 X 스토리튠즈 아카데미에 장학생으로 뽑혀 무료로 웹소설 강의를 듣고 『등단은 회귀 전에 했습니다만』이란 제목으로 런칭을 했습니다. 지금은 완결을 낸 상태입니다. 마이너한 장르였지만, 성적이 나쁘진 않아 감사하게도 「스토리튠즈」와 차기작까지 계약하게 됐고 카카오에서 직접 운영하는 자회사 「판시아」도 좋게 봐주셔서 계약하게 됐습니다. 스타북스라는 좋은 출판사와 서울시인협회, 인문학사라는 곳에서 일하게 됐으며 『월간시인』이란 시 전문 잡지의 발행을 돕고 있습니다.

또 한 가지…. 이걸 좋은 일이라고 해야 할지 모르겠습니다만, 저는 좋은 경험이었다고 생각합니다. 작년 서울예대 문예창작학과에 지원해서 1차 실기에 붙고 2차 면접에서 떨어졌습니다. 오기가 생겨 올해 다시 준비하고 있습니다. (웃음) 집에 새 식구가 생겼습니다. 토이 푸들이고 이제 막 돌이 지났는데 귀여워 죽겠습니다. 크림색 푸들이라 이름은 크림입니다.

시도 꾸준히 쓰고 있습니다. 두 번째 시집에 들어갈 짧은 시 다섯 편을 소개해 드릴게요. 미발표 신작입니다.

　　　언젠가
　　　언제인가
　　　어느샌가

　　　　　　　　　　　　　　　　　-「청춘」 전문

　　　말은 통하지 않지만
　　　내가 이 아이의 눈빛을 읽듯이
　　　이 아이도 내 눈빛을 읽어주겠지

　　　　　　　　　　　　　　　　-「반려동물」 전문

그래, 내가 가시라서
때론 나도 너를
안아줄 수 없다는 게 서럽다

-「가시」 전문

나무 안에 갇힌 나는
너를 벗어나고자
눈처럼 하얀 종이 위에
떨어져 내렸지만
결국, 이곳 또한 너였다

-「연필」 전문

알고 지내는 사람은 많지만
나를 정말 아는 사람은 없고

대화를 나누지만
마음은 나누지 않으며

손을 내밀지만
온기는 건네지 않는다

아, 나는 여태껏
수많은 사람을 만났지만
언제나 홀로였구나

두 번의 여름이 지나고 새로운 독자분들과 다시 만날 수 있게 돼서 진심으로 행복합니다. 그해 여름도 올해 여름도 저는 여전히 기쁨도, 슬픔도, 그리고 그 아픔마저도 다 사랑하고 있습니다.

정말 많이 감사합니다.

2023년 여름
최진영

평설

흔치않은 소재와
삶과 일이 시를 만났다.

시에서 삶의 길을 묻고
시에서 지혜로운 삶을 발견하다

— 최진영 시집 『모든 삶은 PK로 이루어져 있지』에 대하여

이충재(시인, 문학평론가)

---

1. 시인의 삶을 이야기하다.

사람이 물질에, 품격과 인격이 외향적으로 위장된 상품 가치에, 명백한 사실이 다수가 만들어낸 인위적 소문에, 분별력이 맹목적 성취이자 수단이 빚어낸 그릇된 명분에 자리를 내어 주고, 진리가 외면당한 채 병적인 현상 아래 역행하는 시대에서, 사람다운 사람, 가치다운 가치, 행복다운 행복, 마음으로 즐겁게 해줄 의미 있는 멜로디를 발견한다는 것은 참으로 귀한 선택과 집중이 아닐 수 없다.

더욱이 순수 지향적 가치관을 잃지 않고 시를 창작하는 참된 시인을 만난다는 것은 더할 나위 없이 즐겁고 행복한 일이 아닐 수 없다. 그 시인이 바로 월간 『시』 '청년시인상'으로 등단한 최진영 시인이다. 그는 시로 자신의 인생길을 당당히 물어가겠다고 결심하고 거침없는 문학 행보를 나

서는 동시에, 올바른 인생관이란 기초 위에 자신의 삶을 수놓는 첩경으로서의 최우선 원칙을 세우고서 시 창작행위를 하고 있는 청년이다. 필자는 최진영 시인의 첫 번째 시집의 평설을 부탁받고 작품들을 읽으면서 그 어느 시인들이 갖지 못한 감동의 파도에 휩쓸렸다.

마치 이오덕 시인과 권정생 작가가 주고받은 서한집 『살구꽃 봉오리를 보니 눈물이 납니다』와 장그르나에와 카뮈가 주고받은 서한집 『카뮈-그르나에 서한집(1932~1960)』이 주는 긴밀한 관계성으로부터 발산하는 빛나는 의미들이 필자의 마음 깊이 노크를 하면서 울림을 전해왔다.

여전히 시는 인간의 가치와 깊이, 그리고 영혼을 맑고 순수하게 하는 청량제 역할에서 크게 벗어나지 않고 있다. 다만 21세기 한반도 환경에서 그릇된 태도로 시를 창작하여 자신만의 유희를 추구하려고 애쓰는 변질된 시인들이 문제인 것이다. 시인으로서 인문학이란 무대에 등장하는 최진영 시인의 첫 발걸음부터 보아온 필자에게는, 최진영 시인은 가장 아름다운 시인으로 시문학의 미래를 밝히 드러낼 시인의 삶을 향한 필요충분조건을 모두 갖추었다고 할 수 있다고 확신할 수 있었다. 그만큼 큰 기대를 거는 시인이다.

그도 그럴 것이 호르헤 루이스 보르헤스가 말하듯이 "나는 오늘날 누구도 더 이상 행복을 찬양하지 않는다는 걸 안다. 낭만주의자들이 행복을 구석에 처박는 대신 불평을 고양했기에 낭만주의 시인들이나 단조로운 시를 흥얼거리는 시인들, 즉 운율에 맞춰 우울하게 노래하거나 자유분방한 재기(才氣)만 뽐내는 시인들이 각 행에 여백을 주기 위해 지나치게 유희를 즐기면서 오늘날 행복을 무시하고 있다는 걸 잘 안다. 하지만 나는 여전히 행복이 불행보다 시적이며, 재기보다 더 존중받을 미덕이라고 생각한" 것이다. 보르헤스가 좋아하고 인정하는 시인의 길을 최진영 시인이 걷고 있기에 최진영 시인의 시적 미래가 밝고 기대가 큰 것이다. 더욱이 최 시인의 작품들을 감상하다 보면 보르헤스의 고백 "모든 문학은 결국 자전적이라는 것이다. 우리가 운명을 고백하고 운명에 대해 어렴풋하게 추측할 수 있도록 도와주는 모든 것이 시적이다. 서정시에서는 이러한 운명이 대개 변하지 않고 세심"하였다. 그의 시 세계의 중심을 간파하고 있는 서정성이 바로 그것이라고 할 수 있다.

최진영 시인은 결코 시인의 인생에만 천착하지 않고 그의 어른(조모를 포함하여 부모를 섬기며 사랑하는 마음)을 향한 장유유서(長幼有序)적 인간의 기본기가 변색 되지 않고 그의 삶을 선도하고 있다는 점과 그 인격을 기초로 하여 시 작품들이 창작되어 온 삶만을 보아도 그의 시에서 시적 생명력의 왕성함이 발견된다는 사실에 추호의 이의를 제기할 수가 없다. 그래서 최진영 시인의 시적 건강한 장수를 기원하는 것이며 그의 시 작품들을 감상할 수 있다는 기대 감에 취하게 하는 흡입력을 지니게 되는 것이다. 이제 그 시편들을 따라가 보자.

---

2. 시인의 애증이 빚어낸 시의 숲을 거닐어본다.

최진영 시인의 작품들을 감상하면서 고맙게도 감명 깊게 스며들어오는 이유를 발견하였다. 그로부터 행복은 요즘 젊은 시인들의 작품('낯설게 하기', '명분의 의미를 발견할 수 없는 해체', '난해성'을 빙자한 의미와 서사적 구조가 생략된 시작법을 추구함)에서는 찾아볼 수 없는 시의 충분한 가치를 살려 내고 있다는 점에서 그 역량을 높이 사는 것이다. 다시 말하면 최진영 시인의 작품들은 대부분이 자신의 소시민적 삶에서 길어 올려진 보석 같은 이미지가 대부분이라는 뜻이다.

-구직란-
뭐든지 다 하겠습니다!
식혀만 주십시오! 제 열정을...
제발 뽑아주세요!!!!!!!!!!!!!!!!!!

일하고 싶습니다...

용접 자격증 있습니다! 위험해도 괜찮습니다!

부사관 출신 일자리 구합니다

어떠한 일이든 맡겨만 주십시오!

힘들다고 중간에 그만두지 않겠습니다!

주휴수당 안 주셔도 됩니다!

-Q&A

근로계약서를 안 썼는데요

급여를 부당하게 받는 것 같습니다.

CCTV로 감시당하는데요

퇴직금을 못 받고 있습니다

사장이 튀었는데 월급 받을 방법 있나요?

이거 부당 해고 아닌가요? 너무하네요...

휴게시간 30분을 무급 처리해요

갑자기 나오지 말래요

임금체불 당하고 있습니다

-「구직사이트」 전문

　　예를 든 두 작품은 최진영 시인의 삶의 중심을 강타하는 고통과 아픔과 '거룩한 분노'가 빚어낸 '사회구조의 고발성', 또는 '대한민국 경제 구도의 허점과 개선안'을 향한 발설적 형태를 취했다고 봐도 지나치지 않다. 많은 젊은 시인들이, 오늘날 기형도와 신동엽과 김수영, 류시화 등의 작품을 읽으면서도 자신의 내면적 세계를 결박하거나 창조적, 자유 의식을 말살시키는 사회를 여전히 미학적으로만 읽어내면서 적응해 가려는 안이한 태도를 견지하는 문화가 지배적인 데 비해 최진영 시인은 결코 생계의 불이익으로서의 '처벌과 감시'를 두려워하거나 피하거나 안주하지 않고 그 중심의 문제점을 지적하여 사회를 고발하고, 그 중심을 향해서 시의 분무기를 들고 살포하는 것이다. 그래서 자신을 희생하면서 사회의 병적인 현상을 지적하는 용기 있는 자기 고백적 작품들이 돋보인다. 그뿐만 아니라 문단을 향해서도 시인은 매서운 자기 고백을 시사하고 있다. 그 예가 「신춘문예」 「시」 「좋은 시」 등이 그 예다.

다시 어려지고 싶다면
어른이 된 것이다

힘든 일이 있어도
견디고 또 이겨내며
지나온 삶을 웃으며
돌이켜 볼 수 있다면
그대 어른이 된 것이다

어머니의 손이 거친 게 이제야 보이고
아버지의 등이 더는 커 보이지 않으면
우리 어른이 된 것이다

아무리 아파도
엄마 품에 안길 수 없을 때
홀로 불 꺼진 방 안에
입술 깨무는 이슬비처럼
우는 게 고작일 때

조금 슬프지만
우리 어른이 된 것이다

-「어른」 전문

　이 시에서는 최진영 시인의 건강한 어른 의식이 발견되고 있다.

　이 시대에는 참된 어른을 발견하기 어려운 시대라고들 한다. 그 이유가 무엇일까? '매몰', 그릇된 '몰입', '실리만 추구', '책임 의식 결여', '부끄러움과 자의식 결여' 등 의식의 부재를 안고 살면서도 부끄러워하지 못한 채 나이만 들어가는 생물학적 숫자만 계수하느라 정신을 팔고 있다는 의미다. 앞의 시를 보면 이시형 박사의 『어른답게 삽시다』의 단면이 느껴진다. "나이가 들어서 갑자기 위축되고 열등감에 빠져 허우적대며 우울증을 겪는 사람들을 많이 보는데, 그것은 자기 삶의 중심이 자기 자신이라는 사실을 잊었기 때문이다. 나이가 들고 삶의 경험이 늘수록 자기 자신을 상대평가가 아니라 절대평가를 할 수 있어야 한다.

다른 사람이 어떻게 보는지가 아니라 나 자신의 가치와 존재감을 결정할 수 있어야 한다. 그것이 지금껏 열심히 살아온 나의 삶과 나에 대한 예의이다."

최진영 시인의 이 같은 인식은 단순히 학문으로부터 비롯된 것이 아니라 그의 건강한 인간성으로부터 빚어진 것임을 작품들 면면을 통해서 확인할 수 있다. 그에 해당하는 또 다른 시들 중 「화분」 「할머니」 「연필」 「저건 메모해 둬야겠다」 「참전용사」 등이 그 예다.

세월에 떠밀려 넘어지신 할머니가
갈비뼈 두 대가 부러지신 이후로는
걷는 게 어째 떨어지는 낙엽 같으시다

주름만큼 깊던 자존심을 버리시고
얼마 전부터는 노인 보행기를 밀고 다니시며
힘들면 남들 눈치 안 보고 앉아서 쉬기도 하신단다

할머니는 생전 내게 시키지 않던 일들을
요즘 들어 자주 시키신다

-너도 인자 할 줄 알아야제

빨래 돌리는 법, 기름이 많은 그릇을 닦는 법

쓰레기 버리는 법, 냉장고 정리하는 법.

쌀은 불렸다가 물을 이만치 넣고

먹을 만치만 압력밥솥에 돌려먹어야 맛있단다

-「너도 인자 할 줄 알아야제」 부분

   이 시를 감상하다가 불현듯 사하시 게이죠의 에세이 「아버지의 부엌」이 생각났다. "평생을 의지하며 살던 어머니가 폐암으로 저세상에 먼저 가 버리니 마치 늙은 고아처럼 홀로 달랑 이 세상에 남은 아버지, 당장 아침저녁 음식을 해야 하고 끓여 먹을 일부터 막막하다. 어머니가 계실 땐 하루 세끼 내 입에 저절로 들어오던 밥이 없어져 버리니 아버지는 당황하고 망연해한다. 딸 넷에 아들 하나가 있긴 하지만, 저마다 가정이 있고 생활이 있어 함께 살 수 없는 사연이 있었다. 독신이지만 멀리 도쿄에 혼자 살면서 컨설팅 회사를 운영하는 50대의 셋째 딸이 고심 끝에 아버지를 훈련시키기로 결심한다." 최진영 시인 역시 성인이었지만 조모 눈에는 여전히 안타까운 철부지 어린아이로 걱정과 안위의 대상이 되었던 모양이다. 홀로 살아갈 손주를 향한 할머니의 조바심이 앞의 시에 그대로 투영되어 나타나고 있다. 앞의 작품과 맥락을 같이하는 작품들이 클로즈업되는 순간, 최진영 시인의 참된 인간성과 그의 지나온 삶을 애증을 통한 관계성과 삶의 배경이 엿보이기도 한다. 이와 유사한 의식을 표현한 작품으로는 「사막처럼 울었습니다」「너를」「이미」「평내호평역」 등이 있다.

이 몇 편의 시에서 최진영 시인은 내적 의미의 독백에 천착할 뿐 좀처럼 자신을 잘 드러내 보이지 않지만, 시적 인생에 진정성을 보이면서 살아가는 갖가지 생활방식을 충분히 엿볼 수 있다. 최진영 시인의 시인 삶에 관심이 있는 사람들이라면 이 같은 작품들을 통해 지금까지 최 시인을 피상적으로만 알아 오면서 느꼈던 거부감을 깨뜨리고 시인을 속 깊이 재발견하는 충분한 동기부여가 되리라고 믿는다.

다시 찾아온 겨울
혹독한 거울 속 미얀마에서
민주주의를 부르짖으며 투쟁하는
이웃들을 위해 시인으로서
할 수 있는 일이 고작 시를
쓰는 일이라서

나는, 부모님의 피를 마시고
먼저 피어난 대한민국에서
뉴스를 통해 보는 미얀마를
그마저 실눈 뜨고 보며
알량한 시 한 편을 쓰는 것은
참으로 부끄러운 일이다

그들 역시 나처럼 알고 있을 것이다

자신들이 역사에 남을만한

　　부끄러운 짓을 하고 있다는 것을

　　차가운 총과 진압봉보다

　　그대가 뜨거운 심장으로 쓴 시 한 편이

　　얼마나 무서운지를

　　그들이 그대의 장기를 도려내

　　모조리 뜯어갔지만 그대의 시만큼은

　　영원히 제거할 수 없을 것이다

-「켓 띠」1~4연

　이 작품은 시인이 시대를 읽어나가는 건강한 의식과 함께 오늘날 시인들이 취해야 할 시대적 당위성을 접목해 자신의 시적 인생관, 시인관(詩人觀)을 피력한 가장 힘 있는 시라고 할 수 있다. 이 한 편을 통해 최진영 시인은 진심으로 민족을 사랑하고, 삶의 진정성을 위해 도전정신을 포기하지 않는 정열적인 내면의 에너지가 용광로처럼 끓고 있는 시인으로 비친다. 그 관심이 단순히 국내의 정치적인 문제에만 머물지 않고 민주화 투쟁을 펼치다가 쓰러진 세계의 희생자를 그림으로써 국내의 정치적 문제들을 우회적으로 비판하고도 있다. 더욱이 최진영 시인의 건강성은 정치성을 뛰어넘어 시인으로서 어떻게 살아야 할까에 대한 자성과 사유를 내포하고 있어서 더욱 좋게 느껴진다. 마치 윤동주가 죽음 직전에 이르기까지 식민주의 시대에

조국을 위해 아무것도 할 수 없었던, 단순히 시인의 명분만 의지하여 살아가야 하는 부끄러움을 고백했던 것과 일맥상통한다. 이처럼 최진영 시인은 건강한 시대정신을 잃지 않은 시인이라고 할 수 있다. 이는 오늘날의 한반도 배경이 빚어낸 불안 요소가 대한민국 곳곳에서 발생하고 있음을 향한 항변과도 같이 들리는 이유이다. 이 시 말고도 「이 불안마저 추억이 될까요?」「연어」「편의점에서」「죄다 별이 된다면」「사육장을 위하여」「나는 가끔 그런 생각을 한다」 등에서도 같은 결과물로 다가온다.

재발이었다
의사는 해줄 수 있는 게
아무것도 없다는 진단을 내렸다

같이 온 사람들이 모두 울었다
그녀만 울지 않고 담담히 물었다

-얼마나 살 수 있나요?

그녀는 의사에게 답을 듣고
무덤덤하게 고개를 끄덕였다

그리고 잠시 후
그녀는 미소를 지으며 말했다

-입원 안 해서 좋네요.

-「집에 갈래요」 전문

　시가 경제에 큰 도움이 되지 않는다는 것은 시인으로서 살아가는 사람들이라면 이구동성으로 고백하는 말이다. 헤르만 헤세가 일찍이 '인기'나 '권력'이나 '돈'을 향한 시 쓰기를 하려면 연예인이나 정치가나 양말 공장의 공장장이 되라는 핀잔의 글을 남긴 것처럼, 책임 있는 생활인으로서 단단한 각오를 품고 시 쓰는 길을 선택했다면 그때에는 시를 써도 좋다고 했던 필자의 당부가 삼삼하다.

　최진영 시인이 생계 현장으로 선택한 병원에서 잠시 근무했던 시절을 기억한다. 시인은 그때 겪었던 일과 만났던 사람들과 부닥뜨렸던 상황을 놓치지 않고 시의 주머니에 차곡차곡 써 놓은 시적 메시지들이 이번 시집에서 눈부시도록 빛나고 있고 동시에 가슴에 포근히 와 닿을 만큼 잘 빚어져 있다. 반갑고 고마운 작품들이다. 시인에게서의 고뇌와 여독은 단순히 피곤으로 누적되어 슬프고 아픈 추억이 아닌, 한 편 두 편의 시가 되어 많은 독자를 위로해준다는 점에서 의미가 되고 위대한 발자국을 남기게 된다는 것이다. 시인의 그 시적 성과가 다음과 같은 작품들에서 그대로 드러나 있다. 「응급실에서」 「강북삼성병원」 「정신과 의사 살인사건」 「병원에서」 「유언」 「사람」 「저는 시체입니다」 「중환자실 1」 「중환자실 2」 「병상에 누워」 「두 단어」「턱」 등이 그 예다.

---

3. 시의 숲을 돌아 나와 다시 하늘과 세상을 보면서

사르트르는 문학이란 무엇인가 화두를 던지고 있다. "문학이라는 대상은 언어적 활동을 '통해서' 실현되는 것이지만, 결코 언어 속에 주어지는 것은 아니다. 그와 반대로 대상은 본래 침묵이고, 말의 대립물이다. 따라서 한 권의 책에 나열된 수십만 개의 단어 하나하나를 읽어도 거기서 작품의 의미(취지)가 반드시 솟아오른다는 보장은 없다. 의미(취지)는 낱말들의 총계가 아니고 말이 만드는 그것들의 유기적인 총체이다." 이 말의 의미는 지식이 아닌 삶의 진정성 있는 태도 변화가 일구어낸 침묵과 입 밖으로 낸 언어가 빚어낸 살아 있는 자들이 남긴 삶의 흔적으로서의 문학의 결과물이 되어 비로소 가치와 의미를 낳게 된다는 것으로 들려지는 대목이라고 할 수 있다.

옥타비오 파스는 "시인은 스타일에서 자양분을 공급받는다. 스타일 없이는 시편도 없을 것이다. 그러나 스타일은 태어나고 자라서 죽지만 시편들은 영속한다. 왜냐하면, 하나하나의 시편은 자기충족적 단위, 절대로 반복되지 않을 독립된 본보기를 이루기 때문이다" 이 또한 삶의 형식이 아닌 그 연결고리로서의 진실하고 참된 정신을 바탕으로 한 삶이 빚어낸 시의 항아리 안에서 들려지는 묵직한 저음으로서의 공명음이 전해주는 가치를 말하는 것이다. 삶은 죽음이라는 늪으로 꺼지고 말겠지만, 그들이 창작한 시는 영속 가능하다며 옥타비오 파스는 시인의 진정성과 순수성과 참된 시인 정신을 요구하고 있다.

여기까지, 최진영 시인의 작품 세계를 힘겹게 돌아 나왔다. 항상 고백하는 것이지만 시인이 한 권의 시집을 내는 순간의 지점에서 뒤돌아볼 때면, 그 시들이 써지기 직전까지의 시인의 삶이 총체적으로 시에 드러나기 마련이다. 그런 까닭에 지금까지 알아 왔던 최진영 시인의 진정성 있는 또 다른 삶이 스크린상의 영상물처럼 한눈에 비추어지는 기회가 되어 감동을 주고받게 되는 순간의 교집합을 경험하게 되어 고마운 마음을 느끼게 되는 것이다.

최진영 시인은 오늘날의 문제 현상으로서의 물질적, 인공적 현상이 빚어낸 콤플렉스 이미지의 시 「싸 보여?」 「빌딩 파도」 「책갈피가 된다」로 시작하여, 이 시집의 후반에서 다루고 있는 풀 내음과 꽃내음, 하늘의 경이로운 현상을 담아낸 지극히 순수한 서정시 「해바라기」 「밤하늘」 「눈」 「노을」 「별보다 먼 곳에서」 「반딧불이」 「별」 「새벽」 들을 가지고 플라스틱, 강관처럼 고착된 이들의 영혼을 위로하는 진단 키트로 삼고 있어서 참으로 좋았다. 그뿐만 아니라 젊은 시인으로서 실험 시 「PK」「노이즈 캔슬링」 등 시도하고 있는 몇몇 작품들의 발견을 통해, 그의 시인 인생이 기대 이상으로 발전할 수 있다는 예고편을 보는 듯했다.

필자는 끝으로 최진영 시인의 작품, 그리고 최진영 시인의 시적 인생을 위해서, 그의 머리맡에 이정표가 될 자료와 재료들을 선물하는 뜻을 담아 살짝 놓고 돌아가려고 한다. 귀한 작품들을 충분히 감상케 한 배려에 감사하는 마음의 열매라고 여겨 주기 바란다.

김규동 시인은 에세이 「나는 시인이다」에서 스스로와 동료, 혹은 후배 시인들에게 다음과 같은 당부를 남기고 있다. "쉬운 시를 쓰다가 어려운 시를 써도 좋고, 그 반대로 해도 좋아요. 문제는 시를 쓰는 사람의 삶이라고 봐야죠. 어떻게 살아가느냐에 따라서 시가 달라진다는 겁니다."

왜 이 시대는 시가 제대로 읽히지 않고 있으며, 시인들이 순수의 대명사로부터 점점 더 잊혀야 하는가에 대한 극명한 답을 예를 든 김규동 시인의 문장에서 얻어내야 한다. 다시 말하면 많은 시인들의 삶이 진정성, 순수성, 열정, 책임, 정의 등으로부터 태만에 가까운, 혹은 변질된 형태로서의 인기, 권력, 명예 같은 남의 인생을 모방하기 위해서, 또는 타인의 관점에 맞춰진 삶을 살아가는 데 물들어 있기 때문이다. 이것이 바로, 이 나라 문학인들의 영혼이 극심한 병에 들게 한 상황을 여실히 드러내고 있는 반증이라고 할 수 있다.

김춘수 시인 역시 에세이 「왜 나는 시인인가」에서 "진보니 역사니 이데올로기니 하는 말들을 싫어할 뿐만 아니라 관념으로는 무시하기 때문에 나는 시인이다. 내재적 접근이나 경계인이니 하는 알쏭달쏭한 말, 즉 궤변으로 사태를 호도하려는 사이비 지식인을 싫어하고 미워하기 때문에 나는 시인이다. 지식인과 지성인을 구별해서 대하기 때문에 나는 시인이다. 어떤 방면의 지식을 좀 가지고 있다고 해서 지성인이 되지 않는다."

이 의미가 밝혀주는 심오한 뜻은 굳이 해석이 필요 없다. 대한민국은 판단하고 선택하고 집중하고 화합하고 긍정적 대안을 마련한다는 점에서는 참으로 아쉬울 정도로 빈약한 나라다. 그런 까닭에 충분한 자기 소리를 내지도 못하면서 살아들 간다. 특히 시 세계도 만만치 않은 어려움을 호소하고 있다.

최진영 시인의 시를 읽는 독자들을 비롯하여 뭇 시인들에게 당부를 드리자면 랄프 왈도 에머슨의 사상과도 같이, 시인들은 추종 세력으로서의 기회주의자들의 편에 편중

되지 말고 '중심론-초절주의자'로서의 삶을 살아달라고 당부를 하고 싶다. 왜냐하면, 시인은 이쪽도 저쪽도 아닌 "그리고 저 너머" (스캇 팩 박사) 미지의 현상들을 위로하고 소망하는 시인으로서의 경주와 변화의 중심에 서서 끊임없는 시적 행보를 지속해야 할 부류의 사람들이기 때문이다. 그들의 행보가 건강해야만 비로소 시대를 다시 밝아질 수 있고, 인문학적 정신이 생동하는 바를 경험하게 된다.

최진영 시인이 이 시집을 펴내고부터 정말 많이 행복했으면 좋겠다. 시인을 옥죄고 놓아 주지 않던 모든 장애물이자 아픈 흔적들이 봄볕을 만나 만개한 꽃들처럼, 따가운 태양 볕 아래서도 의연하게 꽃을 피우는 여름꽃들이 아름다운 향기를 품어내듯 시인의 삶의 만개와 향기를 품어냈으면 좋겠다. 그 결과, 그 영향력으로 태어날 두 번째 시집을 기대하면서 최진영 시인의 시적 행보에 박수를 보낸다.

투명 시인선 001 | 최진영 첫 시집

모든 삶은 PK로 이루어져 있지

개정판   1쇄 발행 2023. 09. 15.
초 판   1쇄 발행 2021. 08. 05.

지은이   최진영
펴낸이   최진영
삽 화   정달샘(@wisefullmoon)
펴낸곳   도서출판 투명

신고번호 제2023-000053호
주 소   서울시 서대문구 통일로34길 43, 116동 603호
전 화   02-735-1188
팩 스   02-735-5501
이메일   tumyeong0620@naver.com
ISBN   979-11-984216-1-6(07810)